LE SAGE ÉTOURDI

COMEDIE.

En Vers, & en trois Actes.

De Monsieur DE BOISSY.

Représentée pour la premiére fois, par les Comédiens François, le cinq de Juillet 1745.

Le prix est de trente sols.

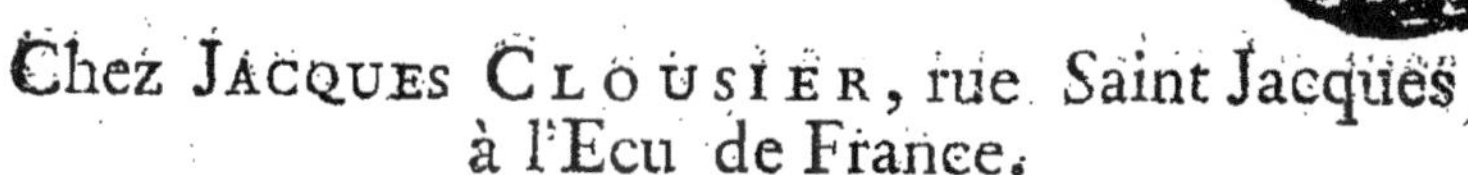

A PARIS,

Chez JACQUES CLOUSIER, rue Saint Jacques à l'Ecu de France.

M. DCC. XLV.

Avec Approbation & Privilege du Roi.

ACTEURS.

ELIANTE, Veuve.

LUCINDE, Niéce d'Eliante, & promise à Léandre.

LE'ANDRE.

ERASTE, Ami de Léandre.

ORONTE, Pere de Léandre.

MARTON, Suivante.

FRONTIN, Valet d'Eraste.

La Scene est à la Campagne chez Eliante.

LE SAGE ETOURDI,

COMEDIE.

ACTE PREMIER.

SCÈNE PREMIERE.

LUCINDE, MARTON.

MARTON.

ELLE Lucinde, eh quoi! vous paroissez rêveuse,
Vous, qu'on ne vit jamais un instant sérieuse?

LUCINDE.

Le jour de mon Hymen est tout prêt d'arriver;

C'eſt un nœud ſans retour. Cela donne à rêver.

MARTON.

Vous teniez l'autre jour un different langage.
Votre eſprit ſe faiſoit la plus charmante image....

LUCINDE.

De nouvelles clartés ont détrompé mes yeux,
Et m'ont, depuis huit jours, appris à penſer mieux.
L'Hymen, ſous les dehors d'une liberté vaine,
Cache le poids réel d'une conſtante chaîne;
Notre ame en eſt la dupe; & ſes liens trompeurs,
N'en ſont pas moins gênans, pour être ornés de
fleurs.

MARTON.

Je trouve la contrainte où vous tient la tutelle
D'une Tante abſoluë, encore plus cruelle.

LUCINDE.

Cette Tante eſt vraiment une Mere pour moi.
Je ne puis trop chérir, ni reſpecter ſa loi.
Elle rend à mes yeux le devoir agréable,
L'obéïſſance douce, & la raiſon aimable.

MARTON.

J'en demeure d'accord; mais malgré ce portrait,
Avoüez avec moi, que l'on prend ſans regret.
Le parti de quitter la Tante la plus chere
Pour ſuivre un Epoux jeune, & fait en tout pour
plaire:

Tel est votre Léandre.

LUCINDE.

Il est trop étourdi.
Son âge est un défaut.

MARTON.

Votre âge est assorti.
Vous n'avez que seize ans ; il en a vingt, je pense.
Pour un défaut commun, on a de l'indulgence.
Comme vous il est vif ; il a de la gayeté.

LUCINDE.

J'aimerois mieux qu'il eût moins de vivacité.
Il faut, non pas en nous, ni dans nos caracteres
Une opposition qui les rende contraires ;
Elle est encore pis que l'uniformité ;
Mais dans l'âge & l'esprit cette diversité,
Qui, sans choquer nos cœurs, forme un heureux contraste.
Je voudrois que Léandre eût le bon sens d'Eraste.

MARTON.

D'Eraste ! son esprit n'est pas des plus sensés.
Sans lui faire de tort, il a trente ans passés ;
Et l'on voit cependant qu'il vit dans l'indolence ;
Sans prendre aucun parti,

LUCINDE.

Marton, c'est par prudence.
Il préfere en secret le repos à l'éclat.

C'eſt par cette raiſon qu'il ne prend point d'état,
Le bonheur eſt ſon but ; le plaiſir, ſon ſiſtême ;
Et dans l'indépendance il met le bien ſuprême.

MARTON.

Bon ! de la liberté ces prétendus Héros
Sont pris tous les premiers, & n'en ſont que plus ſots.
Ma foi, ſi dans ce jour j'étois à votre place,
Mes charmes, ſur ſon cœur, puniroient ſon audace.

LUCINDE.

J'y réüſſirois mal.

MARTON.

Vous n'avez qu'à vouloir.
Vos beaux yeux peuvent tout. Eſſayez-le pour voir.

LUCINDE.

Mais dans le fonds du cœur, Marton, te l'avou-rai-je ?
Je trouverois plaiſant qu'il donnât dans le piége.

MARTON.

Il faut, à votre char, aujourd'hui le lier,
Pour en faire un exemple, allons, point de quartier.

LUCINDE.

Je ris..... Mais non, ces jeux ſont d'un danger extrême.

MARTON.

Oui, tel qui tend un piége, y peut tomber soi-
même :
Et s'il faut avec vous m'expliquer franchement,
Vous inclinez vers lui plus que vers votre Amant.

LUCINDE.

Sa façon de penser me le rend estimable.
C'est le seul sentiment dont mon cœur soit capable.

MARTON.

Vous allez donc former votre Hymen sans amour?

LUCINDE.

Je voudrois de bon cœur en reculer le jour.

MARTON.

Inutile souhait ! l'affaire est résoluë,
Et dans cette semaine elle sera concluë.

LUCINDE.

Pourvû qu'elle se fasse, il n'importe du tems.

MARTON.

Ces nœuds manquent toujours par les retardemens.
La politique veut, dans tout ce qui nous touche....

LUCINDE.

Tais-toi. La politique est fort mal dans ta bouche.
Si Léandre m'en croit, & pense comme moi,
Nous pourrons de concert tenter... mais je le voi.

SCENE II.

LÉANDRE, LUCINDE, MARTON.

LÉANDRE.

Je viens vous annoncer une grande nouvelle,
Nous serons mariés ce soir, Mademoiselle.

LUCINDE.

Ce soir ?

LÉANDRE.

Ce soir même. Oui, mon Pere vient exprès,

LUCINDE.

Ah ! je ne croyois pas que l'instant fût si près,

LÉANDRE.

Je vois à cet aspect que votre ame frissonne.

LUCINDE.

Non : mais à dire vrai, la nouvelle m'étonne,

LÉANDRE

Avoüez que l'Hymen allarme votre cœur,

LUCINDE.

Je conviens qu'à mon ame il cause quelque peur,

LÉANDRE.

Dites qu'il vous inspire une frayeur très-vive.
Le Mariage est beau, mais dans la perspective,

Il présente de loin un coup d'œil attirant.
Dès qu'il est vû de près, il paroît different.
De ses apprêts sur-tout la jeunesse effrayée,
Par des nœuds éternels craint de se voir liée.
Vous êtes dans le cas. Parlez-moi franchement;
Là, ne sentez-vous point certain frémissement?

LUCINDE.

Oüi.

LE'ANDRE.

Moi, qui parle ici, quoique plus intrépide,
Je sens dans ce moment que mon cœur s'intimide.

LUCINDE.

C'est un nœud sérieux qui veut un esprit mur.
Ne rien précipiter, est toûjours le plus sûr.

LE'ANDRE.

Oüi, vous avez raison. C'est le meilleur systême
Et je vous avourai que je pense de même.
Nous ne ferions pas mal de différer d'un mois.

LUCINDE.

De trois, si vous voulez.

LE'ANDRE.

Oüi, c'est bien dit, de trois.
Nos esprits mûriront, en attendant la nôce.

LUCINDE.

Sans doute,

LE'ANDRE.

Rien n'est pis qu'un Hymen trop précoce.
Il éprouve le sort du fruit prématuré.
Il ne vient point à bien.

LUCINDE.

Mais tout considéré,
Plus nous retarderons, & mieux formez par l'âge,
Nous soutiendrons tous deux le poids du mariage.

MARTON.

Il le faut avouer, pour deux jeunes Amans,
Vous faites éclater de grands empressemens!

LE'ANDRE.

De ce lien flatteur, je sens tout l'avantage;
Mais je differe exprès, pour en mieux faire usage.

MARTON.

Vous prenez l'un & l'autre un parti fort prudent.
La difficulté gît à sçavoir maintenant
Si votre Tante aura ce plan pour agréable.

LE'ANDRE.

Pour ne pas l'approuver, elle est trop raisonnable.

LUCINDE.

La chose est juste au fonds, elle doit l'accorder.

LE'ANDRE.

Je m'engage, moi-même, à la lui demander.

MARTON.

La démarche, Monsieur, me paroît hazardée.

LE'ANDRE.

Elle réussira, car j'en ai bonne idée.

MARTON.

Vous n'avancerez rien. Son caractére est tel :
Quand elle a prononcé, l'Arrêt est sans appel.

LE'ANDRE.

Non, Marton ; à nos yeux tu la peins trop rigide.
Dans tout ce qu'elle fait, la douceur est son guide.

MARTON.

Son penchant naturel la porte à dominer.

LE'ANDRE.

Oüi : mais le Ciel l'a fait exprès pour gouverner,
On voit qu'à vingt-six ans, au fort de sa jeunesse,
Elle fait éclater en tout une sagesse
Que les autres n'ont pas dans un âge avancé.
Air, conduite, discours, tout en elle est sensé.
La raison est toûjours l'ascendant qui l'inspire ;
Et le ton qu'elle prend fait aimer son empire.
A vivre sous ses loix, on trouve des appas.
Lucinde, j'en suis sûr, ne m'en dédira pas.

LUCINDE.

Des Tantes, il est vrai qu'elle est la plus aimable.

LE'ANDRE.

La plus digne d'estime & la plus adorable.

MARTON, *à Léandre.*

Vous faites son éloge avec beaucoup d'ardeur.

LE'ANDRE.

Je ne fais en cela que consulter mon cœur.

MARTON.

Elle aura dans Monsieur un neveu plein de zéle

LE'ANDRE.

Je benis le lien, qui doit m'approcher d'elle

MARTON.

Vous devez en ce cas presser votre union.

LE'ANDRE.

La chose à cet égard mérite attention.

LUCINDE.

Oüi, je suis avec vous d'accord sur ce chapitre,
Monsieur, je vous en laisse absolument l'arbitre.
Adieu. N'oubliez rien pour suspendre ces nœuds,
Et parlez à ma Tante, au nom de tous les deux.

LE'ANDRE.

Sur moi, d'un pareil soin, vous pouvez vous remettre.
Je dirai ce qu'il faut. J'ose vous le promettre.

SCENE III.

LE'ANDRE *seul.*

QUel bonheur qu'elle soit dans de tels sentimens !
C'est avoir réussi que d'obtenir du temps.
Loin de nuire à mes vœux, elle leur est propice.
Je dois voir maintenant son aimable Tutrice.
Mon destin dépend d'elle. Il faut franchir ce pas.
Il est des plus glissans & des plus délicats.
D'une noble assurance, allons, armons mon ame.
Je la vois qui paroît. C'est la premiere femme
Dont l'air m'ait inspiré la crainte & le respect.
Tout hardi que je suis, je tremble à son aspect.

SCENE IV.

ELIANTE LE'ANDRE.

ELIANTE.

JE vous trouve à propos ; & je dois vous apprendre
Que votre Pere ici n'est pas sûr de se rendre.

Sa mauvaise santé l'arrête malgré lui.

LE'ANDRE.

L'Hymen ne peut doncpas s'accomplir aujurd'hui?

ELIANTE.

Pardonnez moi, Monsieur; car il me prie en grace,
Que votre mariage incessamment se fasse.

LE'ANDRE.

Sans lui?

ELIANTE.

Je me conforme à son désir pressant.

LE'ANDRE.

Le mien en est flatté. Mais sera-t'il décent
Que tandis que mon Pere est aux douleurs en proïe,
Je célébre une nôce, & me livre à la joïe?
Les Danses & les Jeux seront-ils de saison?
L'amour ne doit-il pas céder à la raison?

ELIANTE.

Comment donc? Vous sortez de votre caractere?
Vous paroissez prudent contre votre ordinaire?

LE'ANDRE.

Je le suis en effet sous un air des plus foux.
Mais, Madame, ai-je tort? Je m'en rapporte à vous,
A vous, dont la conduite est toûjours circonspecte,

A vous, que j'aime à ſuivre, & qu'en tout je reſpecte.

ELIANTE.

Puiſque vous voulez bien me faire cet honneur,
Votre Pere vous doit cauſer moins de frayeur.
Sans bleſſer le devoir, ni choquer la décence,
Vous pouvez épouſer Lucinde en ſon abſence.
Le mal qui le retient, eſt un mal douloureux;
Mais je ſçais par bonheur qu'il n'eſt pas dangereux;
Et pour mieux menager votre délicateſſe,
J'aurai ſoin que ſans bruit votre contrat ſe dreſſe.
Cette campagne eſt propre à ſervir mon deſſein.
Votre Hymen ſe fera ce ſoir même; & demain
Nous irons à Paris, ſans crainte d'aucun blâme,
A ce Pere ſi chér, préſenter votre femme.

LE'ANDRE.

Il ſeroit beaucoup mieux qu'il en fût le témoin.

ELIANTE.

Monſieur, à dire vrai, j'admire un pareil ſoin,
Il me ſurprend en vous; j'en ſuis même bleſſée.
J'aurois crû que votre ame étoit plus empreſſée,
Et que vous ſoupiriez après ce nœud flateur.
Quelle raiſon en vous a rallenti l'ardeur
D'entrer dans ma famille?

LE'ANDRE.

Elle est toûjours la même.

ELIANTE.

Si ma niéce, dont l'ame est sensible à l'extrême,
Sçavoit que vous montrez si peu d'empressement,
Elle en témoigneroit un vrai ressentiment.

LE'ANDRE.

Je n'ai pas cette crainte; & pour ne vous rien taire,
Elle souhaite fort que ce nœud se differe.

ELIANTE.

Vous m'étonnez, Monsieur! Son cœur est donc changé?

LE'ANDRE.

Je dois vous dire plus; c'est qu'elle m'a chargé
De vous le demander, comme un bienfait pour elle.
Avant de se lier d'une chaîne éternelle,
Madame, elle vous prie instamment par ma voix
D'accorder à ses vœux, au moins deux ou trois mois,
Pour former sa raison au point qu'elle doit l'être,
Et pour avoir le temps tous deux de nous connoître.

ELIANTE.

Deux ou trois mois, Monsieur, pour former sa raison!

LE'ANDRE.

Ce temps fera beaucoup, & j'en suis caution.

ELIANTE.

ELIANTE.

Oüi, je conçois qu'un terme aussi considérable
Doit faire un changement en elle remarquable;
Et rien n'est mieux conçû. Je vois qu'avec bonté,
Monsieur, à son projet vous vous êtes prêté;
Et pour rendre la chose encore plus parfaite,
Vous voulez bien vous-même être son interpréte.

LE'ANDRE.

Je n'ai pû résister à de si justes voeux.
Nous sommes, pour attendre, assez jeunes tous deux.

ELIANTE.

Vous me le déclarez un peu tard l'un & l'autre,
Lorsque j'ai consulté son cœur avec le vôtre,
Que ne me faisiez-vous cet aveu singulier?
Votre ravissement a paru le premier;
Et ma niéce, après vous, n'a pû cacher sa joye.
D'un changement si prompt, que faut-il que je croye?
En si peu de momens, qui peut l'avoir produit?

LE'ANDRE.

De la réflexion, Madame, il est le fruit.

ELIANTE.

En êtes-vous capable?

LE'ANDRE.

Oüi, j'en fais d'excellentes.

ELIANTE.

Il faut que vous ayez des raisons bien puissantes.
Parlez.... Vous vous troublez! Vous n'osez répartir?

LE'ANDRE.

Je n'ai pas, devant vous, la force de mentir.

ELIANTE.

Quelles sont ces raisons? Daignez donc me les dire.

LE'ANDRE.

Puisque vous l'ordonnez, je vais vous en instruire.

SCENE V.

MARTON, ELIANTE, LE'ANDRE.

MARTON.

MAdame la Comtesse arrive pour vous voir, Madame.

ELIANTE, *à Léandre.*

Je vous quitte, & vais la recevoir.
Sa visite qui n'est que de cérémonie,
Au gré de toutes deux, sera bien-tôt finie.
Ne vous éloignez point, Monsieur; & songez bien
Que je veux au plûtôt finir notre entretien.

SCENE VI.

LÉANDRE, MARTON.

MARTON.

MAdame n'eſt donc pas pleinement informée ?

LÉANDRE.

Non ; l'affaire, Marton, n'eſt encore qu'entamée :
Tu m'as interrompu. Mais elle eſt en bon train.

MARTON.

Son diſcours n'en eſt pas un garant bien certain.

LÉANDRE.

Tu t'abuſes!

MARTON.

Monſieur eſt riche en confiance !

LÉANDRE.

Il le faut. Le ſuccès eſt fils de l'aſſurance.
Quelqu'un vient.

MARTON.

C'eſt Frontin.

SCENE VII.

FRONTIN, LE'ANDRE, MARTON.

LE'ANDRE.

Qui t'amene en ces lieux ?

FRONTIN.

Puisque d'un tel secret vous êtes curieux,
Je viens sçavoir, Monsieur, si Marton que j'honore,
Et que, si je l'osois, je dirois que j'adore,
N'a rien en ce moment à mander à Paris;
J'y vais avec Eraste.

LE'ANDRE.

Il part! j'en suis surpris.

FRONTIN.

Oui, dans ce même instant.

LE'ANDRE.

Comment? sans me rien dire?
A la Ville sçais-tu quelle raison l'attire?

FRONTIN.

Mais, quoiqu'il soit rempli d'attention pour moi,
Il ne m'en a rien dit. Je suis de bonne foi.

LE'ANDRE.

A ce brusque départ, il faut que je m'oppose;
Et je vais de ce pas en apprendre la cause.
Je ne permettrai point qu'il me quitte aujourd'hui,
Quand j'ai précisément le plus besoin de lui.

SCENE VIII.

MARTON, FRONTIN.

MARTON.

TOn Maître part le jour que la Nôce s'apprête;
Quand il en est prié! Rien n'est plus malhonnête.
Mais je ne conçois rien à ce procedé là.
Je voudrois bien sçavoir qui le porte à cela.

FRONTIN.

Mais il a ses raisons.

MARTON.

Il n'en a que de fausses.

FRONTIN.

Faut-il te parler franc? Nous n'aimons pas les Nôces.
Nous trouvons ces plaisirs si fades, si bourgeois;
Que, pour les éviter, nous fuirions dans les bois.
Toute la Parenté qui se trouve priée,
Et vient complimenter la jeune Mariée,

Les mauvais mots du jour, & ceux du lendemain;
Ah, le joli régal !

MARTON.

Il eſt fort de mon goût,

FRONTIN.

Je te crois trop d'eſprit pour penſer .....

MARTON.

Point du tout.
J'eûs toûjours pour la nôce un penchant invincible.
Pour tout autre plaiſir mon cœur eſt inſenſible.
Un Amant ne ſçauroit me plaire qu'à ce prix.

FRONTIN.

Serviteur ; le tems preſſe, & je pars pour Paris.

Fin du Premier Acte.

ACTE II.

SCENE PREMIERE.

LE'ANDRE, ELIANTE.

ELIANTE.

J'Ai saisi ce moment exprès pour vous entendre;
Dites-moi vos raisons, qu'il me tarde d'apprendre.

LE'ANDRE.

Vous l'exigez de moi, Madame, absolument.

ELIANTE.

Oui, j'attens votre aveu très-impatiemment.
Parlez, nous voilà seuls.

LE'ANDRE.

Je vais parler, Madame,
Madame....

ELIANTE.

Eh bien, Monsieur?

LE'ANDRE.

Excusez; mais mon ame
Sent un effroi....

ELIANTE.

D'où vient?

LE'ANDRE.

Ma foi, les plus hardis
Trembleroient, comme moi, dans le cas où je suis.

ELIANTE.

Rassurez votre esprit, dites, qui vous engage
A reculer l'instant de votre Mariage ;
Auriez-vous, de ma Niéce, à vous plaindre, entre-nous ?

LE'ANDRE.

Non, mon cœur ne peut plus déguiser avec vous,
Pour une autre en secret, Madame, je soupire.

ELIANTE.

Comment? vous en aimez une autre, & pour le dire,
De votre Hymen, Monsieur, vous attendez le jour ?

LE'ANDRE.

J'ai, de tous mes efforts combattu mon amour ;
Mais j'ai pris, pour le vaincre, une inutile peine ;
Rien n'en peut triompher. Ma résistance est vaine ;
Et je sens qu'il s'accroît même dans ce moment.

ELIANTE.

Mais quel est donc l'objet de votre attachement ?
Trouvez bon, s'il vous plaît, que je vous interroge
Sur un sujet pareil.

LE'ANDRE.

Son nom fait ſon éloge.

ELIANTE.

Ce diſcours ne dit rien. Cet objet ſi vanté,
Surpaſſe-t'il Lucinde en eſprit, en beauté?
Sa perſonne, en vertu, eſt-elle plus brillante?

LE'ANDRE.

Oui cent fois.

ELIANTE.

Nommez-la.

LE'ANDRE.

C'eſt....

ELIANTE.

Eh bien? C'eſt?....

LE'ANDRE.

Sa Tante.

ELIANTE.

Je n'ai pas entendu. Comment avez-vous dit?

LE'ANDRE.

C'eſt vous que j'aime.

ELIANTE.

Moi?

LE'ANDRE.

Vous-même.

ELIANTE.

Votre eſprit

S'égare .....

LE'ANDRE.

Non. Faut-il vous le redire encore ?
Oui, Madame, c'est vous, vous seule que j'adore.

ELIANTE.

Pour rompre, allez, Monsieur, cessez de vous servir
D'un prétexte offensant dont vous devez rougir.
Votre manque de foi vous rend assez coupable,
Sans le couvrir encor d'un voile si blâmable.
Je me sens par ce trait doublement offenser.

LE'ANDRE.

Madame, un seul instant pouvez-vous le penser ?
Si je ne vous aimois, mais avec violence,
Ferois-je un tel aveu dans cette circonstance ?
De ma sincére ardeur, tout doit vous assurer.

ELIANTE.

Vous êtes bien hardi de me le déclarer.

LE'ANDRE.

Madame, sur ce point mon cœur n'est plus son maître.
Après les sentimens qu'il vous a fait connoître,
Fâchez-vous, éclatez autant qu'il vous plaira,
Il vous dira toujours, & vous répetera
Que son amour pour vous est fondé sur l'estime ;
Que la raison l'éclaire, & la vertu l'anime ;

Qu'elles l'ont affermi dans son culte secret,
Et qu'il adore en vous un mérite parfait ;
Qu'il l'avoûra tout-haut, qu'il s'en fait une gloire,
Qu'il fuit tout autre nœud, que vous devez l'en croire,
Qu'il met, à vous fléchir, son bonheur le plus doux
Et qu'il sera constant, fût-il haï de vous.

ELIANTE.

Monsieur....

LE'ANDRE.

J'entens d'ici votre austere langage.
Vous allez commencer par m'opposer votre âge.
Je vous arrête-là. Vous avez vingt-six ans :
C'est l'été de vos jours, par conséquent le tems
D'inspirer, d'éprouver une flâme constante,
Car l'âge de penser d'une façon prudente,
De sentir fortement, est aussi la saison,
Il faut, pour bien aimer, il faut de la raison.

ELIANTE.

D'aimer en ce cas-là, vous êtes peu capable.

LE'ANDRE.

Mais je suis assez vieux pour être raisonnable,
Notre âge est assorti mieux que vous ne pensez.
Madame, sçavez-vous que j'ai vingt-ans passez ?
Il suffit de mon choix, pour prouver ma sagesse.
Mes feux sont raisonnés. Je veux une Maîtresse

Qui m'aide à me conduire, & non à m'égarer;
Dont l'utile amitié faite pour m'éclairer,
Doucement vers le bien me tourne avec adresse:
Et voilà ce qu'en vous rencontre ma tendresse.
De pareils sentimens sont-ils d'un étourdi?
Et quand je me dis Sage, hem, vous ai-je menti?
Rendez-moi donc justice; & convenez vous-même,
Que ma flâme est sensée autant qu'elle est extrême,
Que la prudence seule a décidé mon choix:
Et que votre raison doit lui donner sa voix.
Quoi, Madame, une ardeur si parfaite & si tendre
Ne vous inspire rien?

ELIANTE, *d'un ton ironique.*

Pardonnez-moi, Léandre;
Je sens qu'elle m'inspire une juste pitié.

LE'ANDRE.

Dites, dites plûtôt une tendre amitié,
Telle que mon amour la mérite & l'espere.

ELIANTE.

Oui, comme mon neveu, vous l'aurez toute entiere.
Je l'attache à ce titre.

LE'ANDRE.

Il est des noms plus doux;
La qualité d'Amant, & le titre d'Epoux.

ELIANTE.

Y songez-vous, Monsieur? vous êtes ridicule!

LE'ANDRE.

Madame, c'est en vain que votre ame recule.
Je vous conduirai-là, dans peu vous y viendrez.

ELIANTE.

En vérité?

LE'ANDRE.

D'honneur.

ELIANTE.

Mais....

LE'ANDRE.

Mais vous m'aimerez.
Je ne badine pas, la chose est très-réelle.

ELIANTE.

Je vous aimerai, moi? la menace est nouvelle.

LE'ANDRE.

Vous m'aimerez, vous dis-je; oui, malgré vos refus.
Il le faut. Je me suis arrangé là-dessus.

ELIANTE.

A moins que comme à vous la tête ne me tourne,
Je ne souffrirai pas que l'amour y séjourne.
Je la crois assez forte.

LE'ANDRE.

Elle vous tournera.

ELIANTE.

Votre petit orgueil s'égare jusques-là ?

LE'ANDRE.

Sur un meilleur appui, j'ai mis mon espérance;
Mon amour fait lui seul toute ma confiance.
Il est tout à la fois si pur, si véhément,
Qu'il doit vous attendrir indubitablement.

ELIANTE.

Quoi ! vous vous flattez ....

LE'ANDRE.

Oui, vous serez favorable.

ELIANTE.

Vous êtes, je le sçai, fort joli, fort aimable;
Mais tous vos agrémens, tous vos propos gentils,
Echouëront près de moi, je vous en avertis.

LE'ANDRE.

La chose ....

ELIANTE.

Dure trop; il est tems qu'elle cesse.
Pour trancher en deux mots, je veux pourvoir ma niéce;
Son établissement devient mon premier soin.

LE'ANDRE.

J'ai prévû cet obstacle.

ELIANTE.

Oh ! c'est prévoir de loin.

Tant de ressource en vous, tant de conduite brille,
Que je veux vous prier d'établir ma famille.
Auriez-vous pour Lucinde un autre Epoux en main ?

LE'ANDRE.

Oui, vraiment ; c'est à quoi j'ai pourvû ce matin.
Je lui donne, à ma place, un homme de mérite,
Et qui, plus mûr que moi, guidera sa conduite.

ELIANTE.

Peut-on sçavoir son nom ?

LE'ANDRE.

Eraste est le Mari
Qui doit me remplacer.

ELIANTE.

L'Epoux est bien choisi !
D'un discernement sûr, vous donnez une preuve,
Ma Niéce de long-tems, Monsieur, ne sera veuve.

LE'ANDRE.

Il l'estime ; & je veux n'être qu'un étourdi
Si je ne vous l'amene

ELIANTE.

En me parlant ainsi,
Vous ne courez jamais le risque d'un parjure.
Allez prendre un peu l'air, Monsieur, & pour conclure

Un nœud qui ne peut être éloigné ni rompu;
Tâchez de retrouver votre bon sens perdu.

SCENE II.

LE'ANDRE *seul.*

FAisons, de quelque appui dont elle se soutienne,
Que sa raison plûtôt s'égare avec la mienne.
Le grand coup est frappé; j'ai déclaré mon feu;
Et l'Amour ose tout, quand il a fait l'aveu.

SCENE III.

ERASTE, LE'ANDRE.

LE'ANDRE.

ON dit que tu pars?

ERASTE.

Oui.

LE'ANDRE.

C'est à quoi je m'oppose.
Songes-tu qu'aujourd'hui mon Hymen se dispose?
Tu conduiras la Fête, & je compte sur toi.

ERASTE.

ERASTE.

Tu me dispenseras de remplir cet emploi.
J'y suis gauche, mon cher, on ne peut davantage;
Et mon beau jour n'est pas le jour d'un Mariage.
Adieu; je pers ici trop de tems à causer.
Voi ces Dames pour moi, tâche de m'excuser.

LE'ANDRE.

Viens leur parler toi-même; oui, ton devoir t'y porte;
Et l'on ne s'est jamais comporté de la sorte.
Eliante, à coup sûr, s'en formaliseroit;
Et sa Niéce jamais ne te pardonneroit.
Tu sçais qu'elle t'estime; & cette préference....

ERASTE.

C'est elle, dont je veux éviter la présence.

LE'ANDRE.

Pourquoi donc l'éviter?

ERASTE.

Pour un juste sujet.

LE'ANDRE.

Peut-on le sçavoir?

ERASTE.

Non.

LE'ANDRE.

Tu m'en fais un secret?

ERASTE.

Oui, n'en demande pas là-dessus davantage.

LE'ANDRE.

Mon desir curieux s'accroît par ce langage.

ERASTE.

Laisse-moi donc partir.

LE'ANDRE.

Non; j'arrête tes pas.
Tu ne partiras point, ou tu m'éclairciras.

ERASTE.

Je l'aurois déja fait, si je pouvois t'instruire.

LE'ANDRE.

Je pénétre pourquoi tu crains de me le dire.
Pour fuir ainsi Lucinde, il faut absolument
Que tu sentes pour elle un fort éloignement;
Et je serai contraint de le lui faire entendre,
Malgré.....

ERASTE.

Garde-t'en bien; tu mentirois, Léandre.

LE'ANDRE.

Tu ne la haïs donc pas, comme je l'ai pensé?

ERASTE.

Non, puisqu'à l'avouer par toi je suis forcé.
A sa vûe aujourd'hui je prétens me soustraire,
Parce qu'elle m'inspire un sentiment contraire.

LE'ANDRE.

Quoi! tu l'aimes?

ERASTE.

Non: mais .... si je tarde à partir,
La chose arrivera, je dois t'en avertir.

LE'ANDRE.

Demeure en ce cas-là, demeure, je t'en prie.

ERASTE.

Ce transport me surprend.

LE'ANDRE.

C'est moi qui t'en supplie,

ERASTE.

Mais je t'ai déja dit, moi, que je l'aimerai

LE'ANDRE.

Va, tu m'obligeras; je t'en remercirai.

ERASTE.

Je te ferai plaisir de brûler pour ta femme?

LE'ANDRE.

Oüi, j'en serai charmé jusques au fonds de l'ame.
Je te fais un aveu de mes vrais sentimens.

ERASTE.

Je n'ai rien à répondre à ces mots obligéans.

LE'ANDRE.

Eraste, c'est assez joüir de ta surprise.
D'un secret, à mon tour, il faut que je t'instruise;
Une autre que Lucinde enchante tous mes sens.
Rompre mon mariage, est le but où je tens.

ERASTE.

Tu n'aimes pas Lucinde ? O Ciel ! Qu'oses-tu dire !
Un objet si charmant !

LE'ANDRE.

Apprend que je soupire
Pour un qui la surpasse, & qui, sans contredit ;
Fait voir plus de mérite, & montre plus d'esprit.

ERASTE.

Cela ne se peut pas. Lucinde est adorable.

LE'ANDRE.

Ce qu'on aime, toûjours nous paroît préférable.
Pour t'en convaincre, ici, je n'ai qu'à la nommer.

ERASTE.

Quel est donc cet objet si digne de charmer ?

LE'ANDRE.

C'est Eliante.

ERASTE.

Eliante ?

LE'ANDRE.

Oüi, c'est elle que j'aime.

ERASTE.

Bon, tu ris !

LE'ANDRE.

Je dis vrai.

ERASTE.

Ma surprise est extrême.

Je frissonne pour toi, quand je viens à penser
Quelle est la femme à qui tu t'oses adresser ;
Dans quelle conjoncture! Et puisque tu m'obliges..

LE'ANDRE.

Ne crain rien. Je suis né pour faire des prodiges.

ERASTE.

Ton mariage....

LE'ANDRE.

Eh bien?

ERASTE.

Doit se faire ce soir,
Et tu veux le rompre?

LE'ANDRE.

Oüi.

ERASTE.

Comment? Sur quel espoir?

LE'ANDRE.

C'est toi,... C'est ton amour qui fait mon espérance :
Je te veux par mon art, aidé de ma prudence,
Faire épouser pour moi Lucinde qui t'a plû.
Il faut que cela soit, car je l'ai résolu.

ERASTE.

Léandre, absolument, ton esprit extravague.

LE'ANDRE.

C'est un dessein formé, ce n'est pas un plan vague.

Quand je te parle ainsi, je suis sûr du succès.

ERASTE.

Tu ne raisonnes pas les projets que tu fais.

LE'ANDRE.

Je les fais réussir ; & toi, tu les raisonnes.

ERASTE.

Mais la chose avec toi dépend de trois personnes,
D'Éliante, d'abord il te faut l'agrément ;
Puis, l'aveu de la niéce, & mon consentement,
C'est une bagatelle.

LE'ANDRE.

Oüi, bagatelle pure ;
Et je les obtiendrai, c'est moi qui te l'assure.
Je répons de Lucinde, & son cœur m'est connu.
Elle veut, comme moi, voir notre himen rompu;
A l'égard de sa Tante, elle est trop équitable,
Pour ne pas approuver un accord raisonnable.
Pour toi, tu m'as instruit des secrets de ton cœur ;
Et tu ne voudras pas refuser ton bonheur.

ERASTE.

Ton esprit confiant parle, tranche en Oracle ;
Et sans voir les écueils, applanit chaque obstacle ;
A son rapide essor il se laisse entraîner.
La Tante, en premier lieu, t'enverra promener.

LE'ANDRE.

Elle l'a déja fait, mais par pure grimace,

Je viens de déclarer ma flâme.

ERASTE.

Ah! Quelle audace!

LE'ANDRE.

Je suis allé plus loin, Je t'ai proposé, toi,
Pour épouser sa niéce, & dégager ma foi.

ERASTE.

De quel front, à quel titre, as-tu fait ces avances?

LE'ANDRE.

Mais à titre d'ami.

ERASTE.

C'est trop d'extravagances.

LE'ANDRE.

Mais tu dois.....

ERASTE.

Je ne dois ni ne veux me lier.

LE'ANDRE.

Et moi, moi, pour tout bien, je veux te marier.
A prendre ce parti, c'est l'honneur qui t'invite.
Malgré toi, je veux faire éclater ton mérite.
Avec de la naissance, à l'âge où tu te vois,
Propre & fait pour remplir les plus brillans emplois,
Dis, ne rougis-tu point d'être un grand inutile,
Et de grossir l'essain des oisifs de la ville?
Du destin qui t'attend, il faut remplir l'éclat.

Il faut prendre une femme, il faut prendre un état,
C'est-là le seul parti qu'il te convient de suivre.
Qui ne vit que pour soi, n'est pas digne de vivre.
Tu dois à tes amis, tu dois à tes parens,
A ton Païs, à toi, compte de tes momens;
Tu dois les employer pour leur bien, pour ta gloire.

ERASTE.

Va, mon cher, je n'ai pas la vanité de croire
Que mes instants pour eux soient d'un aussi grand prix;
Et je puis les couler dans un repos permis.
Trop d'ennui, trop de soins suivent le mariage.

LE'ANDRE.

L'ennui, de l'indolence, est plûtôt le partage,
C'est un vuide du cœur, né de l'inaction.
Il faut du mouvement de l'occupation,
Des Charges, des Emplois, qui remplissent ce vuide,
Des devoirs, dont la voix nous excite & nous guide.
A s'en bien acquitter, on trouve un bien plus sûr,
Et pour un cœur bienfait, le plaisir le plus pur.
Le bonheur le plus grand, le plus digne d'envie,
Est celui d'être utile, & cher à sa patrie.

ERASTE.

Le but de ce discours est d'engager mon cœur

A ſe ſacrifier pour faire ton bonheur.
Beaucoup plus que le mien, ton intérêt t'anime,
Et je fuis pour ne pas en être la victime.

LE'ANDRE.

Non, à la fuite en vain tu veux avoir recours.

SCENE IV.

LUCINDE, LE'ANDRE, ERASTE.

LE'ANDRE.

LUcinde, promptement venez à mon ſecours.
Ce Captif révolté refuſe de vous ſuivre.
Rangez-le à ſon devoir. Tenez, je vous le livre.
Vangez-vous, puniſſez ſon crime avec éclat.
C'eſt l'obliger lui-même, & c'eſt ſervir l'état,
Il a plus d'un ſecret important à vous dire.
Forcez-le de parler & de vous en inſtruire.
Mon aſpect devant vous pourroit l'embarraſſer.
Il eſt un peu timide, & je vais vous laiſſer.

SCENE V.

LUCINDE, ERASTE.

LUCINDE.

CEtte fuite soudaine a lieu de me surprendre,
Pour l'empêcher, Monsieur, je me joins à Léandre.
Quitter ainsi les gens, c'est vraiment deserter;
Et comme un fugitif, nous devons vous traiter.

ERASTE.

Pardon. Je voulois mettre à couvert ma personne
Et je suis un poltron, que le danger étonne.

LUCINDE.

Quel péril avec nous courez-vous donc, Monsieur?

ERASTE.

J'en cours un si pressant, qu'il fait trembler mon cœur.

LUCINDE.

Votre cœur est, Eraste, à l'abri des atteintes;
Et je m'étonne fort que vous ayez ces craintes.

ERASTE.

Cette frayeur pourtant, à ne vous point mentir,
Est l'unique motif qui m'oblige à partir.

LUCINDE.

Quelle est donc cette peur que je ne puis comprendre.

ERASTE.

Vous voulez le sçavoir ? Il faut donc vous l'apprendre.
Je le dois d'autant plus, que cet aveu sans fard
Va vous faire approuver & presser mon départ.
Je crains.......

LUCINDE.

Que craignez-vous ? Achevez de m'instruire.

ERASTE.

Je crains de vous aimer, puisqu'il faut vous le dire.

LUCINDE.

Je ne puis m'empêcher de rire de l'aveu.
Cette crainte est nouvelle, & c'est sans doute un jeu.

ERASTE.

Non, Lucinde, elle est vraye & dans mon caractére.
Vous sçavez à quel point ma liberté m'est chére;
Je risque de la perdre, en restant près de vous.
Vos yeux ont sur mon ame un ascendant si doux
Que je ne puis vous voir, sans en sentir du trouble.

Plus je vous vois, & plus je le sens qui redouble.

LUCINDE.

Comment donc ? Vous jouez la passion au mieux ?

ERASTE.

Cessez de plaisanter. Rien n'est plus sérieux,
Plus réel que l'aveu que je viens de vous faire.
Je mérite en effet toute votre colére.
Vous devez sans retour me bannir de vos yeux.
Moi-même je voudrois m'arracher de ces lieux ;
Mais je sens, pour vous fuir, que j'ai trop de foiblesse.

LUCINDE.

Et moi, pour vous chasser, j'ai trop de politesse.

ERASTE.

Vous riez de me voir dans le piége arrêté.

LUCINDE.

Ce n'est là qu'une idée.

ERASTE.

Oh ! C'est la vérité.

LUCINDE.

Cela n'est pas, vous dis-je, & ne peut jamais être.

ERASTE.

Mais mon cœur.....

LUCINDE.

Non, j'ai trop l'honneur de vous connoître.

Vous pouvez demeurer ſans nul riſque avec moi.
Pour mieux vous raſſurer, & vaincre votre effroi,
Sçachez que pour l'Hymen j'ai votre antipathie;
Je le crains.

ERASTE.

Cependant ce ſoir on vous marie.
Vous me diſpenſerez d'en être le témoin.

LUCINDE.

Demeurez hardiment. L'inſtant eſt encor loin.
Léandre & moi, Monſieur, je veux bien vous l'apprendre,
Nous ſommes tous les deux d'accord pour le ſuſpendre.

ERASTE.

Votre Tante.....

LUCINDE.

A coup sûr, maccordera du temps.
Je ſuis jeune, & je puis attendre au moins deux ans.
Ecoutez, il me vient une idée excellente.
Je me fais, de ce plan, une image charmante.
Vous l'allez approuver, Monſieur, ſans contredit,
Pendant ces deux ans là, pour les mettre à profit,
Je veux faire avec vous mon cours d'indépendance.
Du véritable bien, comme elle eſt la ſcience,

Vous viendrez chaque jour m'en donner des leçons ;
Et je veux par vous-même en être instruite à fonds.

ERASTE.

C'est un piége nouveau que vous voulez me tendre.
Au premier entretien mon cœur panche à se ren-
dre,
Vous parlant tous les jours, pourra-t-il résister ?

LUCINDE.

Je vous jure, sur lui, de ne point attenter.
Par la liberté.....

ERASTE.

Non ; je la perdrois moi-même,
En voulant près de vous établir son systême.

LUCINDE.

Ne craignez rien.

ERASTE

Je sens, & je vois le danger.

LUCINDE.

Ce péril prétendu, je dois le partager.
Si pour la liberté, vous craignez, moi je tremble.
Pour soutenir ses droits, unissons-nous ensemble.
Déridez votre front, un peu plus de gayté.
Sur ce pied, voulez-vous accépter le traité ?

ERASTE.

Tout le risque est pour moi dans l'accord que vous faites.

Vous ne hazardez rien, de l'humeur dont vous êtes.

LUCINDE.

Vous-même du danger vous êtes à l'abri,
Grace à l'éloignement dont vous êtes rempli.
Ne me refusez pas un bien que je souhaite,
Et pour la liberté formez une sujette
Qui ne vous fera pas sûrement deshonneur.

ERASTE.

Malgré moi je me rends à votre vive ardeur.
Mais à condition, pour calmer mes allarmes,
Que vous tempérerez le brillant de vos charmes
Dans les instructions que je vous donnerai.

LUCINDE.

Ce n'est qu'en négligé que je vous recevrai.

ERASTE.

Ma liberté redoute en cette conjoncture
L'éclat de la personne, & non de la parure.
Vous ornez l'Art vous même. Ainsi mettez vos soins
A prendre un air sur tout qui m'intéresse moins.

LUCINDE.

Oui, je vous le promets.

ERASTE.

Pour raisons plus pressantes,
Je rendrai mes leçons courtes & peu fréquentes.

LUCINDE.

Commençons. Donnez-moi la premiere à présent.
Quel est le vrai devoir d'un cœur indépendant ?

ERASTE.

De fuir ce qui le gêne, & tout ce qui l'ennuie.

LUCINDE.

Sa regle ?

ERASTE.

Son repos.

LUCINDE.

Sa loi ?

ERASTE.

Sa fantaisie.

LUCINDE.

Oh ! Le mien pour le coup est dans son élément.

ERASTE.

On doit suivre son goût comme un amusement.
Mais dès qu'il prend racine, & si tôt qu'il attache,
Comme un poison du cœur, il faut qu'on l'en arrache.
Il faut......

LUCINDE.

Continuez, j'écoute avidement.

ERASTE.

ERASTE.

Oüi : mais vous regardez un peu trop fixément,

LUCINDE.

L'attention le veut ; & le desir d'apprendre...

ERASTE.

Vos yeux sont si brillants, leur regard est si tendre,
Qu'en les fixant sur moi, les miens sont éblouis ;
Et que je ne sçais plus enfin ce que je dis.
A vos conditions, c'est porter une atteinte.

LUCINDE.

Pour que vous n'ayez plus à me faire de plainte ;
Eh bien ; je vais baisser les yeux modestement,
Quand vous me parlerez. Suis-je bien maintenant?

ERASTE.

Un souris fin échappe encore à votre bouche,
Qui, contraire à l'accord, trop vivement me touche.

LUCINDE.

Oh ! Mon Maître devient trop sévere aujourd'hui ;
On ne peut regarder ni sourire avec lui.
Rendez-vous, je vous prie, un peu plus doux à vivre.

ERASTE.

Pardon : mais je me sens hors d'état de poursuivre.
Je ne sçai plus de quoi nous venons de parler.

LUCINDE.

Attendez, mon esprit va vous le rappeller.
Vous me parliez, je crois, du goût qui nous attache.

ERASTE.

Voilà ce que je crains, & cette peur m'arrache
D'auprès de vous.

LUCINDE.

Restez.

ERASTE.

Non; je vous dis adieu.

LUCINDE.

Encore un mot, avant de sortir de ce lieu.

ERASTE *reculant toûjours.*

Doucement. Vous allez contre notre systême.
Se parler quand on veut, & se quitter de même,
Est la premiere loi, qu'enjoint la liberté.
Si vous me retenez, vous rompez le traité;
Et vous tirannisez vous-même votre Maître.

LUCINDE.

Soit. Je vous laisse aller. Mais vous fuirez peut-être.
Promettez de rester, & point de trahison.

ERASTE *en fuyant.*

Je reviendrai, d'honneur, finir notre leçon.

Fin du second Acte.

ACTE III.

SCENE PREMIERE.

ORONTE, LÉANDRE.

ORONTE.

Oui, j'ai fait un effort, sur ta lettre pressante:
J'arrive ici, malgré ma santé languissante.

LÉANDRE.

Cet excès de bonté me rend presque confus;
Mon Pere....

ORONTE.

Laissons-là les discours superflus.
Quel sujet en ces lieux demande ma présence?
Dis, parle, il faut qu'il soit d'une grande importance
Pour m'écrire en ce jour comme tu m'as écrit;
Et des termes si forts.....

LÉANDRE.

Il l'est sans contredit;
Puisqu'il doit decider du bonheur de ma vie.

ORONTE.

Mon Fils, par ce discours tu redoubles l'envie
Que j'ai de le sçavoir.

LE'ANDRE.

Je ne puis m'expliquer
Que devant Eliante.

ORONTE.

Eh bon, c'est se moquer.

LE'ANDRE.

Excusez; mais elle est un témoin nécessaire;
Et je vais là-dessus la prévenir, mon Pere.

ORONTE.

N'est-ce pas quelque trait d'extravagance?

LE'ANDRE.

Non.
C'est plûtôt, je vous jure, un effort de raison.

ORONTE.

De raison? De ta part?

LE'ANDRE.

Oui; je veux vous surprendre.
Dans votre appartement, où j'irai vous reprendre,
Allez vous reposer.

ORONTE.

Soit. Ne me trompe pas;
Ou crains de païer cher mon voyage & mes pas.

SCENE II.

LE'ANDRE *seul.*

LA Tante s'arme en vain d'un scrupule févere :
Je compte en triompher par l'effort de mon Pere.
Voyons d'abord la Niéce, & sçachons le progrès
Qu'elle a fait sur Eraste. Il est pris, ou bien grès
Mais avant de porter le coup que je projette,
Je veux voir de mes yeux son entiere défaite.

SCENE III.

LE'ANDRE, FRONTIN.

LE'ANDRE.

QUe fait ton Maître ? Dis.

FRONTIN.

Lui-même n'en sçait rien.
Mais vous le trahissez, & cela n'est pas bien.

LE'ANDRE.

Je le sers bien plûtôt de toute ma puissance.

FRONTIN.

Non, vous êtes jaloux de ſon indifférence ;
Vous voulez la détruire.

LE'ANDRE.

On t'a payé, maraut,
Pour parler auſſi mal.

FRONTIN.

On me pendroit plûtôt.
Je ſuis trop partiſan de la douce pareſſe.

LE'ANDRE.

Va, coquin, c'eſt le lot des gens de ton eſpece.

FRONTIN.

Elle eſt auſſi celui des plus honnêtes gens.

LE'ANDRE.

On y laiſſe ramper des faquins ſans talens,
Sans eſprit comme toi, né pour la nuit profonde.
Mais pour ton Maître, en tout fait pour orner le monde,
C'eſt un meurtre ; & je dois par raiſon arracher
Son mérite au repos qui ſemble le cacher.
On doit m'en tenir compte, on doit m'en rendre grace.
C'eſt créer les talens, que de les mettre en place.

SCENE IV.

FRONTIN *seul.*

CE discours-là me pique. Oh ! parbleu, l'on verra
Qui sera le plus fin, & qui l'emportera.

SCENE V.

ERASTE, FRONTIN.

FRONTIN.

VOtre Chaise, Monsieur, attend depuis une heure.

ERASTE.

J'ai changé de dessein, Frontin ; & je demeure.

FRONTIN.

Ah ! gardez-vous en bien. Je dois vous avertir
Que de ces lieux, pour cause, il est bon de partir.

ERASTE.

Apprens-m'en la raison.

FRONTIN.

Puisqu'il faut vous la dire,
Contre votre repos tout le monde y conspire,
D'une chaîne éternelle on prétend vous lier.
Lucinde veut avoir cet honneur singulier.

ERASTE.

Non ; Lucinde plûtôt fuit l'Hymen elle-même,
Je sçais ses sentimens ; elle suit mon sistême ;
Et dans la liberté pour affermir son cœur,
Moi-même je l'instruis, & suis son Précepteur.

FRONTIN.

Son Ecolier plûtôt. Vous en êtes la dupe.
On vous trompe. Je plains l'erreur qui vous occupe.
Tous, pour vous marier, se sont donné le mot.
On vouloit, qui plus est, me mettre du complot.

ERASTE.

Qui ? toi ?

FRONTIN.

Moi. Ce n'est pas un conte que je forge.
Marton, Monsieur, Marton, la bourse sur la gorge,
A voulu me séduire & surprendre ma foi.
Elle auroit triomphé d'un autre que de moi.
Mais vous me connoissez, je suis incorruptible.

ERASTE.

Ta main a refusé l'argent ? est-il possible ?

FRONTIN.

Non ; je l'ai pris, Monsieur ; mais protestant tout haut
Que je vous presserois de partir au plûtôt.
A tenir mon serment, je suis garçon fidele.
J'en crois mon intérêt, mais sans trahir mon zéle.

ERASTE.

Lucinde ne doit pas si-tôt prendre un Mari,
La Nôce est différée.

FRONTIN.

On la fait aujourd'hui.
Je ne débite pas une fausse nouvelle.
On y travaille à force ; & des filles comme elle
On ne prépare pas l'Hymen impunément.
Il lui faut un époux, ce soir, absolument.
Léandre qui veut fuir ce nœud qui le menace,
Tâche secretement de vous mettre à sa place.
Si vous n'y prenez garde, il y réüssira.
Lucinde le seconde, & s'en flatte déja.

ERASTE.

Lucinde ?

FRONTIN.

Oui, j'en suis sûr ; c'est un tour effroïable.
Une jeune Héritiere, & riche autant qu'aimable,
Veut que de tant de biens vous soyez possesseur,
Et cette même nuit ! Quel chagrin ! quelle horreur !

ERASTE.

Tu peins cette disgrace & cette perfidie
Avec des traits, Frontin, qui m'en donnent envie.

FRONTIN.

Je suis bien mal-adroit. Ce n'est pas mon desir.

ERASTE.

En formant ce lien, ce qui me fait frémir,
C'est qu'il faut avec lui subir vingt autres chaînes.
Des amis importuns viendront combler mes peines.
D'une Charge, leur main voudra me décorer.
En me désesperant, ils croiront m'honorer,
Disant qu'il faut un rang, que c'est par là qu'on brille.

FRONTIN.

Ajoûtez à cela des Procès de famille.
C'est un tissu de soins qui ne finiront pas.

ERASTE.

Je ne balance plus, viens, partons de ce pas.
Je n'ai que cet instant pour éviter l'orage.
Sauvons ma liberté prête à faire naufrage.

FRONTIN.

Oui, Frontin comme vous, est pour le célibat.
Vive, pour être heureux, un homme sans état;
Qui toujours satisfait, sans procès, sans tendresse,
Sans femme, sans emploi, sans maître, ni maîtresse,

Exemt de créanciers, de ſoin & de devoir,
Se leve le matin pour ſe couchet le ſoir!

ERASTE.

Je ne veux pas ici m'arrêter davantage.
De Lucinde, ſur tout, je dois fuir le viſage.
Contre lui, ma raiſon eſt un foible ſoûtien;
Et ſi je la revois, je ne répons de rien.

FRONTIN.

On vient. Fuyons; c'eſt elle.

ERASTE.

Ha! Frontin, je l'ai vûë;
Il n'eſt plus tems.

FRONTIN.

J'enrage, & ma peine eſt perduë.

SCENE VI.

LUCINDE, ERASTE.

LUCINDE.

ERaſte, je vous cherche.

ERASTE.

Et je ne vous fuis pas,
Malgré tout le danger de revoir vos appas.

LUCINDE.

Marton vient de m'apprendre un ſecret qui m'enchante.

Léandre eſt amoureux.

ERASTE.

De vous ?

LUCINDE.

Non : de ma Tante.

Il aſpire à ſa main. Puiſſe-t-il l'épouſer !

Mon tranſport. . . . . .

ERASTE.

Le dépit pourroit bien le cauſer.

LUCINDE.

Non ; ma joye eſt ſincére, & doit faire la vôtre.

Nous en ſerons, Monſieur, plus libres l'un & l'autre.

ERASTE.

Moi, je le ſerai moins ; rien ne me retenant,

Il faut que je vous aime indiſpenſablement.

LUCINDE.

Je vous l'ai déja dit, je crains peu la menace.

Votre cœur n'oſeroit. . . . .

ERASTE.

Il aura cette audace.

Le moindre mot flateur lui fait franchir le pas.

Je vous en avertis, ne vous y jouez pas.

LUCINDE.

Mais le respect suivra votre flâme naissante?

ERASTE.

Oüi.

LUCINDE.

S'il est vrai, ce pas n'a rien qui m'épouvante.
Eraste, vous pouvez le franchir hardiment;
Et c'est sans badiner que je parle à présent.
L'amour respectueux flatte plus qu'il n'irrite,
Et peut tout espérer, aidé d'un vrai mérite.

ERASTE.

Vous changeriez de ton, si vous me connoissiez.
Loin d'écouter mes voeux, vous les rejetteriez.
Sçachez que mon amour sera d'un caractere
Qui va vous effrayer. Je dois être sincére.
Ce feu, né malgré moi, va vous désesperer.
Je vais dans mes transports, je vais.... vous adorer.

LUCINDE.

Adorez. En amour l'excès jamais n'offense.

ERASTE.

Ma flâme ira pour vous jusqu'à l'extravagance.

LUCINDE.

Ah! vous flattez mon cœur par l'endroit le plus doux.

ERASTE.

Attendez-vous sans cesse aux accès les plus foux.

LUCINDE.

Bon ; je suis pour l'amour qui tient de la manie.
Quand on m'aime, je veux qu'on m'aime à la folie,
Et que l'on extravague.

ERASTE.

Eh bien, en ce cas-là,
Vos vœux seront remplis. J'extravague déja.
Je vais être constant au point d'être incommode.

LUCINDE.

Quoi ! Vous serez fidelle en dépit de la mode ?
Que vous redoublerez mon estime pour vous !

ERASTE.

Pour comble de tourment, mon cœur sera jaloux.

LUCINDE.

Jaloux ?

ERASTE.

A la fureur.

LUCINDE.

Ma joye est incroyable ;
Et ce trait, à mes yeux, va vous rendre adorable.
La jalousie, Eraste, est le sel de l'amour ;
Il est fade sans elle, & n'a qu'un froid retour.
Elle en est, qui plus est, la preuve convainquante

Il faut qu'elle soit même injuste, extravagante.
Celle qui ne l'est pas est digne de mépris.
Plus elle est mal-fondée, & plus elle a de prix.

SCENE VII.

MARTON, FRONTIN, ERASTE, LUCINDE.

MARTON.

A Lucinde.

Tout est perdu. Je viens, la tristesse dans l'ame.
Je viens pour vous chercher de la part de Madame.

LUCINDE.

Pourquoi ?

MARTON.

Mademoiselle, on n'attend plus que vous.
Léandre, sans délai, va se voir votre Epoux.
Son Pere est arrivé tout exprès pour conclure.
Madame, du contract, presse la signature.

ERASTE.

Quelle nouvelle ! O Ciel ! Elle glace mes sens.

LUCINDE.

Toute ma joye expire à ces mots foudroyans,
Quelle nôce fatale !

ERASTE.

Ah ! votre effroi me charme.
Léandre vous déplaît, puisqu'elle vous allarme.
Voilà ce qu'en secret je brûlois de sçavoir.

LUCINDE.

Et voilà ce qui fait mon juste désespoir.

ERASTE.

Pour rompre ce lien que votre ame redoute,
Parlez, j'oserai tout, quelque effort qu'il m'en coute.

LUCINDE.

Ce seroit m'affranchir d'un supplice cruel.

ERASTE.

Quel moyen employer ?

MARTON.

Mais un très-naturel.
Vous avez pour Lucinde une estime très-grande :
A sa Tante, Monsieur, faites-en la demande :
A votre empressement on pourra l'accorder,
Si Léandre sur tout daigne vous seconder.

FRONTIN, *bas à Eraste.*

Fuyez plûtôt, prenez vers Paris votre course,
Ou vous êtes perdu sans espoir de ressource.

MARTON.

Le mariage au fonds est ce qu'on veut qu'il soit.
Dans le monde, Monsieur, tous les jours on le voit.

son

Son joug est si leger qu'on le porte sans peine.
Il autorise même une liberté pleine ;
Et du ton, en un mot, dont on vit à présent ;
C'est, de tous les états, le plus indépendant.

LUCINDE.

Je me consolerois, si j'allois être unie
Au destin d'un époux, dont je serois chérie.

ERASTE.

Si l'ardeur d'un Amant qui n'adore que vous,
Peut avoir cette gloire, il est à vos genoux.

MARTON.

Pour le coup l'y voilà.

FRONTIN, *à Eraste.*

Quel est votre délire ?
Que faites vous, Monsieur ?

ERASTE.

Ce que l'amour m'inspire.

LUCINDE.

Quoi ! L'Hymen n'a plus rien d'effrayant à vos yeux ?

ERASTE.

Non ; j'attens de lui seul mon bonheur précieux.
Votre frayeur pour lui......

LUCINDE.

Diminue ; & sa chaîne,
Partagée avec vous, me fera moins de peine.

ERASTE.

Ces mots comblent mes vœux, & passent mon espoir.

MARTON.

Je suis charmée.

FRONTIN.

Et moi, je suis au desespoir.

SCENE VIII.

LE'ANDRE, ERASTE, LUCINDE, MARTON, FRONTIN.

LE'ANDRE.

QUe vois-je ? Quel coup d'œil ! L'attitude est charmante !

A Eraste.

Non ; demeure à ses pieds, ce spectacle m'enchante.
C'est où je te voulois pour ta gloire & mon bien.

ERASTE.

S'il tient à ma défaite, il n'y manque plus rien.

LE'ANDRE.

Hem, tu ne pars donc plus ?

ERASTE.

Non : je t'en remercie.

Je te dois & ma joye & mon être & ma vie.

LE'ANDRE.

Ta fiere indépendance avec ta liberté
N'est donc plus un trésor par toi si regretté ?

ERASTE.

Non. J'étois insensé ; quelle folie extrême,
De mettre son bonheur dans un si faux systême !
Eh ! Peut-on être heureux, quand l'ame ne sent rien ?
C'est dans le sentiment qu'est le souverain bien.
Oui, c'est lui seul qui touche, intéresse, remue,
Qui fait passer, du cœur, son charme dans la vue ;
L'Amour en est le pere, il peut seul l'animer ;
Et pour sçavoir sentir, il faut sçavoir aimer.

LE'ANDRE.

Je suis.....

MARTON.

Vous oubliez que le péril vous presse,
Et que, pour vous unir, Madame attend sa niéce.

ERASTE.

Une juste frayeur succéde à mon transport.
Eliante & ton Pere....

LE'ANDRE.

A présent je suis fort.
N'appréhende plus rien ni de l'un ni de l'autre.

ERASTE.

Ton Hymen.....

LE'ANDRE.

Je le romps pour conclure le vôtre.
Du ſuccès, mes amis, je ne dois plus douter.
Eliante..... Elle vient.

ERASTE.

Je vais me préſenter.

LE'ANDRE.

Modére un peu l'ardeur qui de ton cœur s'empare.
Il faut qu'à ton aveu mon eſprit la prépare.
Eloignez-vous tous deux pendant quelques inſtans;
Et vous reparoîtrez, quand il en ſera temps.
A mon Pere, Marton, va, dis, ſans plus attendre,
Qu'il eſt, ici, par moi ſupplié de ſe rendre.

SCENE IX.

ELIANTE, LE'ANDRE.

E'LIANTE.

Votre Pere, Monſieur, qui vient de me parler,
M'a dit que votre cœur devoit lui reveler.

Un ſecret devant moi d'une importance extrême.
Quel eſt donc ce ſecret qui m'étonne moi-même,
Et ſuſpend le contrat que mon ordre a preſſé,
Quand on doit le ſigner, & qu'il eſt tout dreſſé ?

LE'ANDRE.

J'ai pris ici tantôt ſoin de vous en inſtruire.

ELIANTE.

Il m'eſt donc échappé. Daignez me le redire.

LE'ANDRE.

Volontiers. Je me plais à vous le répéter,
C'eſt mon ardeur pour vous, que rien ne peut dompter.

ELIANTE.

Rappellez-vous, Monſieur, que je l'ai condamnée,
Que par bonté pour vous je vous l'ai pardonnée,
Et qu'un pareil ſecret doit être enſeveli.

LE'ANDRE.

Non, mes feux ſont trop beaux pour reſter dans l'oubli.
Cet amour eſt ardent autant qu'il eſt ſincére ;
Et je veux qu'il éclate en préſence d'un Pere.

ELIANTE.

Ah ! Je vous le défens.

LE'ANDRE.

Je ne puis obéir.
Pour le lui déclarer, je l'ai fait avertir.

ELIANTE.

Pouvez-vous à ce point porter l'extravagance ?

LE'ANDRE.

Je fais plûtôt par là, je fais voir ma prudence ;
Et mes desirs sont tels qu'il les approuvera,
Et qu'à me rendre heureux il vous engagera.
Il s'avance. Et je vais......

ELIANTE.

Arrêtez, je vous prie,
A quoi m'expose ici sa folle étourderie !

SCENE X.

ORONTE, LE'ANDRE, ELIANTE.

LE'ANDRE.

MOn Pere, soyez juge entre Madame & moi.

ORONTE.

De quoi s'agit-il donc ? Mon fils, explique-toi.

LE'ANDRE.

Pour elle, dans ce jour mon ame est pénétrée.

ELIANTE.

Non, ne le croyez pas. Sa raison égarée....

LE'ANDRE.

Mon Pere, dans mes vœux vous devez m'approuver.

Ma raiſon eſt très-ſaine ; & pour vous le prouver,
De la plus vive ardeur je brûle pour Madame ;
Et cette paſſion tient ſi fort à mon ame,
Qu'on ne peut l'en tirer ſans m'arracher le jour.
Doit-elle s'offenſer d'un ſi parfait amour ?

ORONTE.

Je ſuis ſurpris. Comment ? Tu n'aimes pas ſa Niéce ?

LE'ANDRE.

Un autre la recherche, un autre a ſa tendreſſe ;
Et Madame eſt plûtôt le choix qui me convient.

ELIANTE *à Oronte.*

N'écoutez pas, Monſieur, les diſcours qu'il vous tient.

ORONTE.

Pardon, mais je fais plus, j'y donne mon ſuffrage.
Je n'aurois jamais crû que mon Fils fût ſi ſage.

ELIANTE.

Vous l'approuvez, Monſieur ?

ORONTE.

Madame, tout-à-fait.
Il ne pouvoit jamais faire un choix plus parfait.
Son amour trouve en vous, eſprit, beauté, ſageſſe,
Tout ce qui peut flatter & fixer ſa jeuneſſe.

LE'ANDRE.

Vous l'entendez, Madame. Ah, quel Pere charmant!

J'étois bien sûr d'avoir son applaudissement.

ELIANTE.

A Léandre, Monsieur, Lucinde est destinée.

LEANDRE.

Eraste peut lui seul la rendre fortunée.

ORONTE.

Eraste est digne d'elle.

LEANDRE.

Il l'aime.

ELIANTE.

Il n'en est rien.

Pour croire ce prodige, on le connoît trop bien.

LEANDRE.

Posseder votre Niéce, est le bien qu'il desire.

Lui-même qui paroît, peut mieux vous en instruire.

SCENE DERNIERE.

ERASTE, ORONTE, LEANDRE, ELIANTE, LUCINDE, MARTON, FRONTIN,

ERASTE.

OUi, mon bonheur dépend d'être votre Neveu.

Jugez de mon amour, puisqu'il fait cet aveu.

ELIANTE.

Il m'étonne en effet. Que ma Niéce prononce,
Mon sentiment sera conforme à sa réponse.

ORONTE.

Elle doit le choisir ; mais à condition
Que pour mieux cimenter cette heureuse union,
Il va prendre une Charge, & remplir son mérite.
L'Etat y doit gagner, & tout l'en sollicite.

ERASTE.

Pour obtenir sa main, à tout je me soumets.

LEANDRE *à Lucinde.*

La France vous sera redevable à jamais.

ELIANTE *à Lucinde.*

Acceptez-vous Monsieur ? Rompez donc ce silence,
Répondez.

LUCINDE.

Ma Tante ... oui, pour le bien de la France.

LEANDRE *à Eliante.*

Ce miracle, pourtant, c'est moi qui l'ai produit ;
De cette tête folle, il est le sage fruit.
J'attens, de cet effort, la juste récompense.
Elle est en votre main. Votre ame encor balance ;
Mais vous ne pouvez plus reculer mon bonheur.
Mon Pere, mon amour, tout parle en ma faveur.

ORONTE.

A Eliante.

Formez ce double nœud.

ELIANTE.

Le puis-je avec décence ?

La raiſon . . . .

LE'ANDRE.

Eſt pour moi.

ELIANTE.

Le peu de convenance ....

ORONTE.

La difference d'âge eſt foible entre vous deux.

ELIANTE.

Et d'un ſecond Hymen le ridicule affreux.

LE'ANDRE.

D'une humeur trop ſévére, oh ! vous donnez des preuves.

Je vous demande grace, au nom de tant de Veuves . . . .

ORONTE.

Sans vous qui l'arrêtez, mon Fils va ſe perdre.

LE'ANDRE.

Oui.

ORONTE.

Je vous ſupplie en Pere, & vous preſſe en Ami.

LE'ANDRE.

Joignez-vous tous à moi.

LUCINDE.

Pour éviter ce blâme,
Ma Tante, rendez-vous.

ERASTE, MARTON, FRONTIN.

Rendez-vous donc, Madame.

ELIANTE.

Vous donnez tous l'allarme à mon cœur agité.

LE'ANDRE.

Madame, épousez-moi par générosité.

ORONTE.

Rien ne peut le sauver que votre main offerte.

ELIANTE.

Je la lui donne donc pour éviter sa perte.

LE'ANDRE.

Vous y venez pourtant! en vain vous résistiez.
Je vous l'avois bien dit que vous m'épouseriez.

Fin de la Piéce.

APPROBATION.

J'Ai lû par ordre de Monseigneur le Chancelier une Comedie, qui a pour titre : *Le Sage Etourdi*. Et je crois que l'on peut en permettre l'impression, ce 20. Août 1745.

CRE'BILLON.

Je

Jo

www.ingramcontent.com/pod-product-compliance
Ingram Content Group UK Ltd.
Pitfield, Milton Keynes, MK11 3LW, UK
UKHW020945180726
13838UKWH00003B/1143